KB121104

춤추는 계절

춤추는 계절

초판 1쇄 인쇄일 2014년 06월 23일
초판 1쇄 발행일 2014년 06월 27일

글 한규원
펴낸이 양옥매
디자인 신지현

펴낸곳 도서출판 책과나무
출판등록 제2012-000376
주소 서울특별시 마포구 월드컵북로 44길 37 천지빌딩 3층
대표전화 02.372.1537 팩스 02.372.1538
이메일 booknamu2007@naver.com
홈페이지 www.booknamu.com
ISBN 979-11-85609-50-8(03810)

이 도서의 국립중앙도서관 출판시도서목록(CIP)은 서지정보유통지원 시스템 홈페이지(http://seoji.nl.go.kr)와 국가자료공동목록시스템(http://www.nl.go.kr/kolisnet)에서 이용하실 수 있습니다.
(CIP제어번호 : CIP2014018743)

책과나무 시인선 01

춤추는 계절

한규원

| 목차 |

1부 춤추는 계절

2부 낮에 비친 초승달

3부 잠이 오지 않는 밤

4부 소중한 만남

5부 세월

6부 새벽 출근길

1부 춤추는 계절

벚꽃이 피기까지는

발가벗은 몸으로
겨우내 모진 바람에
몸서리쳐 울고

긴긴밤 지새우며
소쩍새 우는 소리에
외로움을 달래고

밤하늘에 별을
세어가며 밝아 오는
봄을 기다려야 했던
나날들

넋 나간 고목에서
생기가 돋아나고
얼어붙은 호숫가에
눈물이 흘러내리네

떠나간 임이
찾아오고 나서야
백옥 같은 얼굴

빠__알간 입가에
미소가 가득해진다

봄에 햇살을 덮고

파아란 하늘을
수놓으며
쏟아지는 햇살은
길바닥에 드러눕고

나무 위에 놓인
햇살은
꽃망울을 피우라고
재촉하네

산을 넘어 들녘에 와
잠이 든 햇살은
농부의 손을
기다리고 있네

햇살을 머금고
뾰애진 언덕을

베개 삼아 하늘을 보며
한숨자고 싶다

봄에 햇살을 덮고
행복한 꿈을 꾸련다

민들레꽃

아련히 깔려 오는
물안개 속에
도도하고 자그마한 꽃

화려하지 않지만
고상한 꽃

뽐내지도 않지만
꿋꿋한 꽃

아름답지 않지만
정이 많은 꽃

사랑스런
민들레꽃은

언덕 아래서
살포시 웃고 있다

누구를 기다리나
고개를 갸우뚱하고 있네

봄바람

짓궂고 매서운
겨울도 시집보내고
처마 끝에 거꾸로
매달린 고드름도 녹여내고

살랑이는 봄바람에
억새가 반갑다고
손사래를 한다

햇빛 드리워진 양지쪽엔
이름 모르는 나무가
눈 쌍꺼풀하고
봄바람에 윙크한다

빛바랬던 언덕에도
텅 비었던 들녘에도

아지랑이가 피어오르고
햇살이 흐느적거린다

산 넘어 온 봄바람은
어느새
안개를 산허리에서
감싸 안고 내려오고 있었다

봄바람은 발밑에서
소용돌이 치고
쏟아지는 햇살은
어깨에서 맴돌고 있다

봄은 소리 없이 친구처럼
가까이 와 있었다

봄소식

따스한 햇빛이
도로 위에 나뒹굴고

나뭇가지 위에는
새싹이 개구리눈처럼
화장을 하고 나와 있네

달리는 기차에
봄을 가득 실어 나르고

식사한 나그네의
윗눈썹은 삼팔선을
넘나들고 있다

양지 아래 있는
멍멍이는 혀로
삽질하며 하품을 한다

산에도

들에도

봄기운이 피어오르고 있었다

오늘 같은 날이면

앙증맞은 햇살은
안개를 무등 태워 올라가고

부드러운 안개는
산을 머리에 이고 기어가네

쏟아지는 햇살은
물위를 배영하며
은빛계단에서 너울거리네

터질 듯한 입술에
립스틱 짙게 바른 목련은
우아한 자태를 뽐내네

살랑이는 바람은
설레이는 마음을 태우고
여행을 떠나려 하네

여기저기 숨 쉬는 소리
시작을 알리는 심장의
고동치는 소리가
발밑에서 동동거리네

봄인 듯하더니만 어느새

기다란 언덕에
제 잘난 듯
줄나래 서서
우쭐대는 꽃들

아스팔트에서
이글거리며
솟아오르는 열기

형형색색
물들어진
산언저리에
녹음이 짙어지고

먹구름은
쉬어가다
지친 듯

내려오네

냇물은
은빛 물결치고

활짝 웃었던
봄꽃들은

작열하는
태양 뒤에
수줍어서
숨어 버렸네

금세 봄은
어디가고
등줄기에
땀이 흘러내리네

여름날의 오후

새들도 날개를 접고
높게 떠 있는 구름은

갈 곳을 잃고
정거장에 머물러 있네

햇빛은 하품을
늘어트린 체
안방까지 와 누워 있네

강렬한 태양은 나를
누드모델로
만들어 놓고 떠나가네

짝사랑한 바람은
눈길도 안주고 스쳐가네

창문 밖을 물끄러미
약속도 하지 않은 채
마냥 기다리고 있네

8월의 어느 아침

담장에 덩굴이
길게 늘어트려
아침 햇살에
머리를 감고

길가엔
호박 덩굴이
아침 이슬 속에서

하나둘
영글어져 가는
8월의 아침이

중년은 넘은
아저씨의 생각을
깊게 만드네

매미의 우렁찬

노래에

힘찬 발걸음을 내디딘다

오월의 아침

시원한 바람이 휭 돌아
풀숲에 살포시 눕고

아침이슬 먹은 진달래는
수줍은 새색시 같다

바람에 얹혀 가는
구름은 어디로 가는지

쏟아질 듯한 소나기는
오늘도 오시려나 보다

오월의 시작, 한 주의 시작
불꽃처럼 피어나는

꽃망울처럼 환하고
활기찬 시작이 되기를

낙엽의 마음

어느 날
떠나야 하던 날
보금자리를 박차고
나와야 했던 날

쓸쓸히 언덕길에서
총총히 떠나오는
동료들을 맞이하면서

고함을 지른다
살던 고향이 좋았었다고

부둥켜안고
햇빛 드리워진 곳에
몸을 기대고

스쳐가는 바람에

또 한 번 오싹하고
지나가는 사람에게
가슴 졸이며

어스름이 떠오르는
달님에게 남아 있던
체온마저 어둠 속에서
떨어야 하는

어디로 떠나야 하는지
깊어 가는 밤에
되돌아가는
실낱같은 꿈을 안고

낙엽의 미세한
울부짖음은
울타리 길모퉁이

산 아래 여기저기에서

들려오누나

그리운 고향을 그리면서

가을이 오면

가을이 오면
그립고 그리워지고

만물이 옷을 갈아입을 때면
외롭고 외로워지고

차가운 바람이
나무 사이로 스쳐갈 때면
보고도 또 보고 싶고

높고 깊은
파아란 하늘을 볼 때면
옛 추억과 정이 되살아난다

하나둘
열매가 영글어져
탐실탐실 매달릴 때면

주고 싶은 사랑도
주렁주렁 열린다

이 가을이
깊어 가면 갈수록
친구들 생각이
강물처럼 흘러간다

가을 아침

저수지에 피어오르는
안개꽃은
산허리를 감아 돌리고

아침 햇살은
산과 산 사이에
눈부시게 마중 나와 있네

서서히 드러나는 단풍잎은
밤새 목욕한 듯
촉촉하게 화장하고 나온
새색시 같네

보석같이 영롱한 아침은
나그네의
역동적인 힘을 실어주네

걷혀가는 안개 속에서
새로운 발자취를 만들며
아름다운 아침을 달린다

빈자리

싹둑 잘려나간 벼 포기에
찬바람이 밟고 지나가고

풍요로웠던 나무에도
잎새가 떨어져 나간
빈자리에도

외로움만 덩그러니
매달려 있네

가을바람이
두고 간 자리엔
낙엽이 부둥켜안고
울고 있네

농부가 다녀간 들녘에는
철새들 발걸음도 끊기고

열차 소리만 비워진 공간을
가득 채우며 멀어져 가네

우리들 가슴 빈자리에
노랗고 빨간 단풍잎을
담아 두지 않으렵니까

낙엽

화려했던 지난날을
기억조차 못하고

자신만만한 자존심은
산사에 묻어 두고

얼굴 마주보고
오손도손 속삭이던
보금자리도 떠나고

낯선 곳에서
힘없이 나뒹굴고

처마 밑 담벼락에 주저앉아
파아란 하늘을 쳐다본다

온몸이 짓눌려
어디론지 쓸려 간다

사람들의 환한 미소
따뜻한 정이 그리워진다

단풍

조신한 여인네의
한복에 고이고이 담아내고

푸르렀던 산자락에
색동옷 입은 아이와
금붕어가 노닐고 있다

시샘하는 바람이
곱디고운
단풍이 부러워
뺨을 때리고 어깨를 두드린다

미인을 가까이에서
보는 것보다 멀리서 보는
단풍이 설레고
가슴을 흠뻑 적신다

단풍이 파도도 치고
바람도 피우고
모닥불도 피우고
마구 마구 홀려대고 있다

어쩌란 말이냐
주마간산 동문서답하며
지나칠 뿐
철들지 않은 아이처럼

단풍은 누구에게나
보여 준다
단풍은 누구에게나
겸손하게 다가선다

설렘 주홍 글씨
편지지와 펜을 들어

하늘하늘 넓은
공간을 채워 내려간다

하얀 백지장에
단풍을 그려 넣고

거울에 비친 겨울

성애가 한복판을 차지해
본모습 찾아낼 수 없고

느슨해졌던 옷고름마저
껑쭝하게 올라가 있어
축 늘어졌던
나뭇가지마저
움츠려 드는데

거울에 비친 겨울은
냉소를 머금은 자태로
너를 응시하지만

거울 속에 겨울이
흐릿하게 비춰
포근하고 정겨운
겨울로 다가왔으면

첫눈

기다란 벤치에 앉아
조용한 클래식 음악이
반주처럼 쏟아지는
눈을 바라보며 즐긴다

하_얀 교복 입은
소녀처럼 밝게 웃으며
사뿐사뿐 내리는 눈을
지그시 눈을 감고 느낀다

높은 곳에서 낮은 곳으로
춤추듯 나는 새처럼
첫 눈은 멀리 멀리
날아가고 있었다

그렇게 첫눈은
슬픔도 괴로움도 잊게 하고

행복과 사랑이
대지 위에 쌓여 가고 있다

첫눈이 오는 날
잊었던 사랑

마음 한구석에서
용솟음치며
마그마가 흘러나올지 모른다

겨울비

스산한 바람이
가련하게 불어오고

허공을 가로질러
몸서리치는
겨울비는

벽면에 부딪혀
조금씩 흘러내리네

잠자는 가로수는
겨울비 노크소리에
놀란 듯 움츠리고 서 있네

겨울비 우산 속에서
차가운 입김이
하얗게 피어오르네

겨울비는

처마 끝에서

서성이고 있네

겨울이 오는 소리

어둠을 뚫고
묵었던 비가
내리고 있다

낙엽이 춤추고
남아 있는 잎새도
나뭇가지에서
노래를 한다

파아란 하늘이
머언 지평선에
걸려 있고

촉촉이 젖은
대지 위에 찬바람이
소용돌이치며
허공으로 사라져 버리네

겨울이 오는 소리에
떠나간 임이 오려나

겨울이 오는 소리에
잊힌 친구가 오려나

창밖을 물끄러미
내려다봅니다

겨울 산야

눈 덮인 벌판에
누가 왔다 갔나
선명하게 나 있는 발자국

곧게 뻗어 내려간
산줄기에
누가 기어오르고 있나
붉게 물들어 가고 있네

조용한 산사에서
은은하게 겨울이
내려오는 소리는

살얼음 아래에서
새어 나오고 있네

산기슭의 장대한 흑백사진은
파아란 하늘에 걸려 있고

눈 녹은 논길을 지나
산길을 오를 때면
거칠었던 호흡을 길게 내쉰다

안개가 피어오르는 개울가에
세수하러 나온 오리 새끼들

겨울잠을 설칠까 봐
눈은 조용조용
내리고 있다

지금도 내린다
산야에 하얗게

첫눈 오던 날

이층 작업실에서
투명한 유리창을 두드리며
첫눈은 첫인사를 눈 마중으로
너른 공간에 하나 가득
낙엽 대신
답장을 필기체로
써 내려오고 있다

대지 위에 쌓여 가는
하얀 백지장에
첫눈에 대한
추억도 새록새록 펼쳐진다

백의를 걸친 삼라만상이
고요하고 평화롭게
겨울잠을 청하고
돌무덤 사이로

굽이굽이 헤치며
흐르는 냇물은 첫눈을 삼키며
하염없이 흘러간다

어둠이 짙게 깔리고
한술 부른 바람이
설레발치며
몸을 움츠리게 하고
어느새 다져진 골목길엔
은반지에
옥구슬이 구르고 있다

머릿속에서도
하얗게 눈이 내리고
둥지를 향한 발걸음을
멈추게 한다

삼월의 눈

겨울 옷소매 걷고
두더지 등 데워질
즈음

남새밭 냉이 쑥
봄볕에
숨 쉬고 나왔거늘

창문 틈 봄 내음
허청에 감자
싹 틔우고 있는데

어찌할꼬
설설이야
기척이나 하고 오지

춘설에

취했는지 진눈깨비

봄 옷가지를

적시우고 있구나

춤추는 계절

너울 바람에
노랗고 빨간 드레스
길거리에 나풀나풀

대지 위에 침대
꽃 장판 깔아 잠자리에
나를 눕혀
잠들게 하고

찌뿌듯한
겨울 옷자락이
손을 내밀며 잡아당겨

떨구어진 나뭇가지는
홀쭉해 뱃가죽이
등에 닿아짐이라

모든 색상이

뒤범벅되어

반주에 맞춰 탱고에 춤을

2부 낮에 비친 초승달

한 송이 장미꽃

볼그시레 수줍은 듯
지그시 눈감아도
떨려오는 가슴은
설레임일까

입가에 살포시
흐르는 미소는
정열적인 마음에
불을 지피는 걸까

붉은 태양보다
더 이글거리는
눈빛은 사랑을
찾는 애절함일까

손사래 하는
빨간 손은

허리를 감싸고
춤을 추고 싶은 것일까

그대 두 눈에
장미꽃 한 송이
올려놓고

또 한 송이는
그대 가슴에서
시들지 않게 사랑하리

왕계산에서 바라본 들녘

언제부터인가
시골로 발걸음을
자주하고 있었다

가슴과 키가
훌쩍 커진 나보다
왜소해진 들녘

가로질러 가도 가도
숨을 몰아 달려가도
멀고 멀었던 들녘

어깨에 책가방
둘러메고

뜀박질했던 그 시절
한복판에 친구가

달구지 옆에 있어도
모내기를 하여도
이젠 희미하게 보이네

바둑판에 바둑알이
하나 둘 채워져 가 듯
들녘은 푸르러 가고
바다처럼 파도가 일렁이겠지

왕계산
산 중턱에 앉아
새참 먹고

옛 추억을
되새김 하며
훗날 고향땅 밟을
생각이 깊숙이 파고든다

억새꽃

가다란 속삭임에도
살랑살랑 고갯짓하고

매섭고 사나운 바람도
속으로 감싸 안고 잠재우는
강한 어머니 품안이다

화려하지 않고
꾸미지도 않은 당신은
자연미인

혼자는 외로워
모여 사는
우애 좋은 형제들

길가에 있는 억새꽃은
오가는 이들에게 인사하고

냇가에 있는 것은

흘러가는 물에 목욕을 한다

낮에 비친 초승달

붉게 멍들어 가는 구름 속에
수줍은 듯 야윈 얼굴

밤잠을 설치고
급히 화장하고
나온 얼굴

손에 잡힐 듯
떨어질 듯
힘없이 물구나무 서 있네

자그마한 소원은
들어줄 듯
점점 가까이 오네

꽉 차 있는
속은 없지만

채워 줄 공간이 많은

초승달은 낮에도
걱정이 되어 둘러보며
점점 눈에서 흐려져 간다

공원에서

어디에서
불어오는 바람일까

어디에서
떨어진 낙엽일까

붉다 못해 진한 갈색으로
남아 있는 한 떨기 나뭇잎

햇살에 비친 단풍잎은
결혼 준비하는 새색시 같네

발걸음을 남긴 채
걷고 뛰면서 숨을 몰아쉬네

은빛구름이 나뭇가지 사이로
두둥실 떠나가네

옆구리를 스치며 차가운 바람은
뒤태도 보이지 않은 채 사라지네

공원 한 모퉁이
기다란 벤치에

쓸쓸이 자리를 지키며
마음속에 있는
친구를 기다린다

여름 끝자락에 매달린 매미

긴 여름을
짝을 찾는데
목청이 망가져 가고

긴긴밤
열대야 속에서
불빛이 늘어나고

주인 없는 나무엔
매미의 울음소리마저
시들하고

짝을 찾은 매미는
주위를 아랑곳하지 않고
소프라노 높은음으로
짖어대고

홀로 있는 매미는
동반자 찾아
나무사이를 헤매며
울부짖네

등 뒤에 업혀
온기를 느끼며
노래를 부르고
사랑을 속삭일 날도

마주보며
입씨름 눈싸움도
여름의 벼랑에서
사라져 버릴 것이고
시끄러운 여름밤도
아쉬움의 뒷전에서
매미는 몸부림을 칩니다

단비

한 방울 한 방울
차창을 노크하다가

울음 섞인 모습으로
발길질을 하네

뜨거운 대지 위에
수없이 입맞춤하고

삐져 있던 나뭇잎도
양 볼에 미소를 자아내고

하늘을 향해
지나가는 구름을 향해

양 어깨와 두 팔을 벌리고
외마디 환호성을 지른다

졸고 있던 신호등도
눈을 깜박거리며
빗속에서 노닐고 있다

시골에 계신 울 엄니
텃밭으로 달려가고
있지는 않은지

먹구름 흰구름

멀리 떠나가는
먹구름아

여행 가방이
무거워 보여

잠시라도
어깨를 내려놓지

솜사탕을 먹은
흰구름아

해를 품고 가니
마냥 즐거워 보여

때로는 먹구름이
예뻐 보이고

흰구름은 멋은 있지만
야속할 때도 있지

강 건너 저편에서
먹구름은 눈물 되어
한바탕 울고

부끄러워하는 햇살을
하얀 치마폭으로
가려주는 흰구름

언젠가는 흰구름도
먹구름이 그리워
강 건너 저편으로
고개를 돌리겠지

길가의 코스모스

가느다란 허리
잘록한 목덜미
청순한 얼굴

가을이면
늘 길가에 마중 나와
간절하게
기다려 주는 가련한 꽃

파란 하늘 거울삼아
한 폭에 그림을
화선지에 담아내는
길가에 수채화

코스모스 피어 있는
길을 걷노라면
시름했던 앙금마저

휴지통에 버려지고
순수하고 정화된
기쁨과 사랑이
마음 깊숙이
물결치며 한들거린다

바람에 속삭이는 듯
흐느적거리며
얼굴을 비비고
잎새는 바람을 품고
날갯짓하며 날려고
푸드덕 푸드덕거린다

오늘도 코스모스
피어 있는 길로
나를 보낸다

시골 담장

시계바늘이 하행선을
그려 가면서
담장의 키는 작아지고
허리가 굽어졌네

지남 역상의 지킴이로
지난 세월의 방어자로
경계의 표지석으로

굳건하게 지킨
군인 정신으로
온몸에 상처의 흔적이
조금씩 아물어 가고 있다

어른 주먹보다 크게
뚫려진 구멍으로
정갈한 장독대에

어머님 숨결이
뚜껑으로 포개지고 담아지고
담장 위에 갓머리 돌은
언덕 아래 잠들어 있고

주인 잃은 상단 머리는
하늘 향해 비스듬히
대머리 된 채 말리고 있다

혼자 있는 주인댁에
화사한 햇빛이 드나들고
평화로운 기운이
마당 앞으로 흘러내린다

미끄러져 내려오는
기왓장 소리에 소스라치게 놀라고
개 짖는 소리에 안도하는 담장

이름 모르는 덩굴나무로
이불을 덮고
주렁거리는 거목 나무에 기대며
노병으로 살아간다

작은 불빛

창문 틈으로
커튼 사이로
미로로
넘나드는 작은 불빛

칠흑같이 어두운 밤
나그네로 떠나는
미력한 불빛

동이 터오는 신호음에
설잠을 자고
커튼을 열어
미리 보는 자화상을
다시 들춰낸다

그 작은 불빛 하나가
희망을 열어 가는

단초가 되어
구석진 마음에
기적소리로 다가온다

창문 너머로
점점 커져 가는
불빛은 요동치며
설레발치고 있다

어렴풋이 다가서는
바깥 영상이
하나둘 무대 위로
등장한다

드디어 밝아 오는 새벽
애꿎은 이불을
뭉개고 있을 바엔

삶의 터전에서
일찌감치
희망의 모닥불을
지필 거예요

작은 불빛을 좇아서

아침에 떠 있는 저 달은

소나무위에 덩그러니
떠 있는 저 달은
갈 곳을 잊었나

한바탕 웃음으로
밝게 미소 짓던 저 달이

온 누리를 삼킬 듯이
빛을 발하던 그 달이

무슨 사연 품고 가길래
창백하고 야윈 얼굴로
파란 하늘에 머물러 있는 것일까

낮에 수많은 일들이 걱정되어
떠나지 못하고 있는 것일까

어젯밤 어둠에 갇혀 있던
일련의 것들이 주마등처럼
생각나는 걸까

온 세상을 구석구석
비춘다 한들
나무 아래는 그늘이 지듯

미련은 두지 말고
후회는 하지 말고

오늘도 당신을
기다리는 밤이 있기에

호박고구마

밭이랑에 둑을 쌓아
메마른 흙에 뿌리를 묻고

하늘을 쳐다보며
비 오게 해 달라고
주술을 여러 번 중얼거린다

모종삽을 씻고
언덕을 올라치면
목마른 호박고구마
모종이 고개를 떨구고 있고

언덕배기에
등산하는 푸르딩한
호박덩이는 삿갓모자
그늘 아래 누워 있네

둔덕을 토닥토닥 얼러 주고
수렁논배미 물 길어다가
목 축이면 실뿌리 살아나고

대가족 되어
월세에서 전세로
비좁아 하늘을 보려
삐집고 나오네

온몸이 빨간 립스틱으로
화장하고
주렁주렁 새끼 달고
세상 구경 할라치면
호박도 아닌 것이
고구마도 아닌 것이
입맛에 맞는다고
시장에 팔려나가네

정류장

이정표 아래 어디로 떠나려 하는지
목석처럼 서 있는 한 사람

긴 의자는 말없이 뒤태만 쳐다보고
정류장은 찬 공기만
하나 가득 더러 이별을 한다

사람이 그리워 이정표를 바라보며
밤낮을 가리지 않은 채 지새우던 나날들

날아든 낙엽이 손님처럼 의자에 누워 있다
수많은 발걸음이 외로이 서성이던 곳

이따금 스쳐가는 바람이
알아듣지도 못하는 귓속말만 늘어놓는다

그리움에 지쳐도 힘이 들어 누워 있어도
정류장은 늘 그 자리에서 정다운 사람들을
기다린다

도봉산 자운봉을 올라서며

눈 덮인 산야에 깊은 골짜기
살찐 얼음 밑으로
자연의 소리가
악보에서 줄타기하고

흰 쌀밥에 낙엽 반찬이
비빔밥 되어
등산길 손님맞이하고

겨울바람
한 떨기 나뭇잎마저
산통과 진통을 남겨 주네

웅장하고 섬세함 바위는
엄마 품에서 잠든 아기처럼
얼굴을 묻고
온정의 숨소리가 들려오는 듯

위풍당당한 큰 바위 아래
올라서서
온 누리에 펼쳐져 있는
산과 평야

도심의 아름다움에 매료되어
매료되어 나를
정화하고 있다

가로등

어둠이 밀려드는
초저녁에
살며시 들여다보며
피어오르는 밤에 꽃

외로움을 달래려
조건 없는 배려로
갈 길을 안내하며
눈웃음치는 꽃 내음

구십도 각도로
누구에게나
밝고 화사하게
인사하는 밤의 머슴

낮에 설잠을 자고
부스스 일어나

그 자리에 보금자리를 펴고

오가는 모든 이에게
안녕을 속삭이며
오는 길에 손짓하고
가는 길에 윙크하는
든든한 지킴이

오늘 하루라도
아니 며칠만이라도
늘 묵묵하게 희망에
불꽃을 전하는 사랑의 전도사

비춰지는 불꽃을 따라
밝은 미소와 행복을
널리 널리 펼쳐 봅니다

불 꺼진 터널

초입부터
만남이 버거워
뿌리치듯
어둠은 줄행랑치고

미련한 불빛마저
초초해지고 흑막 속에서
조용한 숨소리로
고개를 떨구고

감기 걸린 터널의
어둠은 불빛을 따라
길바닥에 주저앉는다

희미하게 잊혀 가는
기억마저 소음 진동에
목매여 불러 봐도

돌아오는 것은 메아리일 뿐-

서글픔에 질려 가다 말다
저 앉으면
끝이 보이지 않는다

일어서서 걸어가 보자
멀리 움트는 공간으로
걷고 걷다 보면
또 다른 환한 불빛이
비치는 터널이 있음을-

눈앞에 희망이 있다는 것을 알자

트럭에 실려 가는 돼지들

비좁은 창살에
뭉뚱한 코를
씰룩거리며
모자란 숨을 채우려 한다

코앞에
딴 세상이
눈앞에 펼쳐질 터인데

아는지 모르는지
바깥 구경에
코 평수를 넓히며
거품을 질금거린다

길가에
벚꽃이며 개나리며

흐드러지게
피어 있다 한들

돼지들한테는
일찍부터 굶주린 채로
어디론가로
끌려가야만 했다

다리건너
돌아오지 않는 길로

안개

그다지
드러내 놓고
싶지 않은 얼굴

그래서 그런지
생기다 만 모습으로
남의 실체마저
감추려 드는가

산골짜기 마실 왔다가
하천으로 벌판으로
행사 나가는 무리들

한바탕 춤추며
소란 피우다가도
신출귀몰

흔적조차

거두어 가는

안개는 바람만 맞히는가

왜

석양을 바라보며

빠알간 사과가
광활한 하늘에
수없이 매달려

은빛 파도에
출렁대며
떠내려가네

희미한 가로등이
목매어 불러 봐도
멀어져 가는 침묵이
수평선으로 기울어

추억마저 삼키고
수면 아래로
숨어 버렸네

못다 핀 목련화

어릴 적 시력 잃어
꽃을 못 보았는데
종이꽃을 접어내고

한 치 앞도 못 보는데
뭉친 근육
침으로 풀어내고

집들이 한다고
한 상 가득 웃음보따리
엮어내고

어머님
가시는 길
배웅까지
목련화 꽃
제대로 피었더라면

지팡이

할아버지와 동행하며
한발 먼저 안내하고
바깥 구경 시켜 주고

할머니와 동석하여
먼 산 긴 하늘 바라보다가
자리에서 부축해 드린다

집 앞 굴뚝 옆
흙담에 기대어 있다가
할아버지 할머니와
내일도 동행하고

어느 날 주인을 잃은 채
흙담에 기대어
새 주인을 기다린다

저녁노을

다리 누각에 걸려 있더니
아파트 뒤로 숨어 버렸네

나뭇가지 사이로
홍조빛 얼굴
수줍어하더니만
산 너머로 익어가네

구름사이로
붉은 노을이
용광로로
타들어가는구려
내일도 오늘처럼
이 아름다운
저녁노을을
가던 길 멈추고
또다시 볼 수 있을까

억새밭 가는 길

발부리에 채어도
익숙해져 있는 상처
아물다 못해 윤기 나고

으스러진 낙엽
밟히고 밟힌 자리
저려 오는 진통

가도 가도 억새는
보이지 않고
우후죽순
무성한 이름도 모르는 잡풀

명성산 정상에 올라서니
하늘 끝과 인연 맺은
억새가 푸근한 잠을
청하노라

흰 구름도 억새가
친구 된 듯 머물다 가고

어린아이
손에 들려 있는 솜사탕
너나 나나 할 것 없이
이 내 마음 주소 없이
하늘로 떠나가고 있구나

하나하나는 보여줄 수
있는 것이 많지 않지만
군집해 있는 억새의
목소리는 웅장했다

하늘로 뻗친 길

나무 끝에서 한 뼘 남짓
걸려 있거늘

나무 사이사이 재어 가며
잰걸음 보폭을 세어
가도 가도 그 자리인 것 같아

쉬엄쉬엄
걸어서 하늘까지

정상에 올라서니
나무 꼭대기에 위에
걸려 있네

하늘로 가는 길은
멀기만 한데
저 아래에서 볼 때는

산 정상에 걸려 있었는데

하늘로 뻗친 길은
한두 곳이 아니었다

마니산 참성단에 올라

송송 맺히는
이마에 땀방울은
골진 주름살에 고여

정상에 올라서니
낯선 바람에
마음을 빼앗기고

수평선 너머
정적을 가르며
어디론가 떠나가는 화물선

날아갈 듯한
날갯짓에
너른 평야를
한숨에 다다를 것 같은

참성단
돌계단 앞에
역사를 지켜내는
소시나무가 있는 한

다시 올 것을
약속드리오리다

해야

낮에 있었던 일들
밤새 숨겨 두고

아무런 일
없었던 것처럼

뜨거운 가슴을
열어 제치고

볼떼기 터지도록
웃음 지으며
매일 아침
애간장을 녹이는가

해야 해야
너를 닮으려면
어떻게 해야 하는지

3부 잠이 오지 않는 밤

여름날의 그 찻집

온힘을 다해
처마 끝에 머물다가
밀려오는 고성에
허공으로 몸을 던지고

불빛을 쫓아서
치마로 얼굴을 가린 채
어둠 속으로
멀리멀리 사라지고

조명등에 비친
나뭇잎 사이로
한이 서린 물방울은
떠나지 못하고 매달리고 애원하네

어스름한 불빛이
조금씩 조금씩

희미하게 멀어져 가네

테이블 위에 놓인
팥빙수는 왜소해져 가고
들려오는 개구리 소리는
시와 연인되어 음악으로 흐른다

어둠 속으로 사라진
안개비는 그 어느 곳에서
다시 만나 어깨동무하겠지

처마 밑에서 바라보는
안개비는
천사의 모습이었는데

음악이 비에 젖어 흐르고
녹음이 어둠 속에서

영화처럼 피어나는

그 찻집에서 머물러 있었으면

내가 살던 고향은

너른 벌판 사이로
신작로가 길게 뻗쳐 있고

가장자리엔 왕계산
큰 벼슬을 한 닭처럼
머리에는 왕관을 눌러 쓰고

하늘 맞닿은 벌판
논산평야가
한 눈에 묵직하게 들어오고

멀리 새강 언덕에
솟아오른 논산 시내가
맑은 날은 시장가는 날

십오 리 길 되는 길을
머리에 광주리 이고

양손에 보따리

비포장 길
앞질러 들려오는 차 소리
하루에 두 번 정도
지나가는 시내버스

콩나물시루 못지않은
약탕기에 약을
쥐어짜는 듯한 차안

시간은 흘러
그때 그 시절
그분들의 이마엔 골짜기
머리에는 흰 서리가 내려앉고

내가 살던 고향 언덕에는

햇빛이 로또처럼 쏟아지고
봄에는 초록바다
가을에는 황금물결 치는 곳

고향 하늘엔
구름도 무일푼으로
지나치지 못하는 곳
넓은 평야가
한 번에 지나가기에는 버거운 곳

오늘도 해는 뒷산을 넘어
들판으로 휘엉청
얼굴을 내밀겠지

미련

잊으려 하면
잊혀지겠지

떠나간 후에
지우개로 지우면
지워지겠지

세월이 가면
가끔은
불쑥 생각이 나겠지

시간이 흐르고 흐르면
흐릿한 추억으로
남긴 채 묻혀지겠지

신록이 우거진 숲속으로
사라져 버렸으면

세월속에
조용조용 잊혀졌으면

어린 시절

너와 내가 어깨동무하고
학교 가던 날

논길 건너 언덕길 넘어
기쁜 마음 가슴에 달고

코스모스 꽃 꺾어
하늘 높이 던져
빙글빙글 돌리고

아카시아 줄기 따서
가위 바위 보를 하며
하나씩 하나씩 떼어내고

큰 동네 동구나무 밑에 모여
부엉이 소리 들으며 날을 새고

실오라기 걸치지 않은 채
냇가에서 고기도 잡고 물장구도 치고

딱지 접고 구슬치기 가상놀이에
날 저무는지 몰라

어머니 목소리 동네 밖
멀리까지 울려 퍼지네

공원을 걸으며

한 발짝 뛸 때마다
심장의 고동치는
소리가 들린다

반가운 이슬비가
눈가를 촉촉이
적시며 내린다

잎새 사이로
비춰진 가로등불은
양탄자 위에 쏟아낸다

멀찌감치
개구리 소리 높은음자리가
오색 줄을 타고 흐른다

아파트에 불이

하나둘 꺼져갈 때
긴 의자에 몸을 기대고
먹먹한 하늘을 무심코 본다

무거운 발걸음과
가쁜 숨소리가 멎을 즈음
어느새
보금자리로 향하고 있었다

불 꺼진 창을 바라보며
이 시간 친구는
무엇을 하며
어떤 생각에 잠겨 있을까

잠이 오지 않는 밤

피곤함에 눌려
소파에 기대다가
따뜻한 이불 속에
스며들었고

한참을 잔 듯
몸을 일으켜 세우고 보니
새벽에 도착도 하지 않았네

깜깜한 공간에다
떠나간 추억과 기억을
매달아 놓기도 하고

적막을 깨고
들려오는 시계침 소리에
미래에 대한
초상화도 그려 본다

어떻게 여기까지 왔는지
어느새 중간역에 다다랐는지
어디서 어떻게 떠나야 하는지
말 한마디 건네는 이 없다

찬바람이 불면

찬바람이
제일 먼저 닿은 곳이

산중턱에
아버지께서 계신 곳

산사에 외로이
잠들어 계신 곳에
내일 모래쯤 인사드리고

찬바람이
두 번째 닿은 곳은

산자락에
어머니께서
일구어 놓은 텃밭

한숨에 달려가
고구마도 캐고
콩도 따고 밤도 털고

찬바람이 불어
올 때는 빈손으로
왔더라도

갈 때는 가득 가득
채워 주는 가을을
만들어 주네

늘어진 어깨를
반듯하게 올려 주고
생기를 불어 주는 바람

쓸쓸함 외로움을

갖다 주는 짓궂은
가을 같은 바람

찬바람이 고마워
팔짱끼고 어깨동무하고

십리길 백리길
함께 걸어가자꾸나

찬바람이 불면
군불 땐 아랫목이 그립고

아궁이 앞에
바짝 다가가
머리 그을 때도 있었지

당신을 위해

비 오는 날엔
노오란 우산이 되고

꽃이 피어 있는 날엔
화사한 리본을 만들어
머리에 꽂아 주고

탐스러운 열매가
열려 있는 날에는
애틋한 애정을
광주리에 담아 주고

황금물결 치는
벌판에 누워
깊고 푸른 하늘을 향해
사랑노래 부를 거예요

아름다운 낙엽이
이사 가는 날에는
모아 모아서
따뜻한 마음에
옷을 지어 줄 거예요

하늘을 가득 메우며
함박눈이 내리는 날에는
당신과 함께
눈 위에 또렷한 발자국을 남기며
거닐 거예요

저 바다에 잔잔한 파도가
일렁이는 날에는
희망과 꿈을
돛단배에 하나 가득
실어 나를 거예요

만물이 소생하는 봄날이 오면

행복한 내일에

새싹을 꾸면서 살아요

석양에 해는 지고

먼발치 구름 사이에
매달려 익어 가는 해는
끝내 숨어 버리고

저 산 꼭대기에는
팔레트에 물감을 부은 듯
붉게 물들었는데

고왔던 산과 들녘은
어느새
어둠의 김장독에 담(겨지)기고

뿌연 안개와
어두운 그림자는
아스팔트 위에
흑백사진을 찍는다

비밀을 감추고
흘러가는 물줄기는
물사래를 치며
발걸음을 서두르네

갈 길은 멀지만
줄지어 가는 차의
미등을 따라
고향 같은 둥지로 가고 있다

보람찬 하루 일을
마치고
되돌아가는 발걸음은
한결 가볍다

나의 소박한 바람

자연으로부터
조용히 부름을 받고
묵묵히 찾아오는 손님

한 줄 써 내려간
한 구절 한 구절이
산맥으로 이어가고

시야에서 읽히는 모습들이
연인처럼
때로는 선생님처럼 다가와
일깨움을 주고

때로는
파도에 몸을 싣고
출렁거리다가도
한쪽 구석에서

머리를 싸매고 고민도 하지

인생역정을
한 줄로 표현하기는
너무나 짧아 보이고
한 면을 채우기에는
부끄러운 것이 많아

한 구절
간단한 시라 할지라도
시를 쓸 수 있는 여유만이라도
세상 사람들이 가졌으면

시작이 매우 중요하다
시작이 없는 것은
어떠하다고 논하지 마라

내가

산과 바다가
멀리 있는 게 아니라
내가 가까이 가지 않은 것

우정과 사랑이
식은 게 아니라
잠시 쉬어가고 있는 것

슬픔과 기쁨 속에
오래 머물러 있지 않는 것은
나를 기들이지 않으려고

꿈과 희망이
실현되지 않는 게 아니라
열정을 가지고 고지를 향해
뚜벅 뚜벅 가고 있는 것

가정의 행복을 위해

웃음을 제조하는

파수꾼으로 살아가고파

새벽은 선물로 온다

새벽을 여는 사람은
세상을 밝게 가꾸는 사람

새벽을 품는 사람은
인생의 즐거움을 아는 사람

새벽을 가꾸는 사람은
인생의 경지에 다다른 사람

새벽의 길을 걷는 사람은
건강한 삶을 보상받을 수 있는 사람이다

아픔이 약이 될지도

찬바람 속에
시간이
매달려 끌려가고

무언 속에
깊은 우여곡절이
우물 속에 고여 있고

생각보다 못 미치는
고민만 하늘같아서
이내 슬퍼하노라

아픈 상처 치유되면
새 살 돋듯
과정 속에 아픔은
약이라고 믿자구나

당신과 나 사이에

구름이었을 때
바람이었나
밀면 미는 대로
떠나가고

햇님이었을 때
나무였나
비추면 비추는 대로
그림자를 만들고

산이었을 때
물이었나
잠시 머물다
스쳐가는 나그네
헤어진다 한들
떠나보낸다 한들
되돌아와 내 곁에는 당신이

당신과 나 사이엔
사랑만이 있을 뿐

새벽 5시

대지와 어둠이 부둥켜안고
떠나려 하는 아쉬움에
깍지 낀 손을
서서히 풀어내고 있다

어둠을 헤치며
드러나는 교각 위에

지칠 줄 모르고
발광하는 가로등
이별을 삼키고

끊어질 듯 이어진
산의 능선은
고이 접어 낸
한 여인의 옷소매 같더라

새벽이 꿈틀거리며
빛어 낸 장관들

새벽은
아침보다 달콤하고 신선하다

시 전시회

모처럼 파란 하늘을 보고
나뭇가지가
나약하게 흔들리는 것을

선뜻 발걸음이
한 발짝을 옮기지 못하고
제자리에 얼어붙어

머리에서 발끝까지
녹여 내리기 시작한 지
두 시간이 흘러

옹달샘에서
작은 소용돌이가
두레박을 타고
공원까지 세 시간 남짓

뭇 시인과 만남
백발 어르신과의 동행

어느새 모르는 사람들과
한겨울에 웃음꽃이
모닥불 되어 피어오르고 있다

마음의 키

잔잔한 은빛 파도가
일렁이는 호수 안에
하늘과 땅이
맞닿은 꼭짓점을 보고

뚝방길
길을 걸어가는 자리엔

이미 마중 나온
알 듯 말 듯한 이름들
한 번씩 불러본다

가슴을 활짝
열어 제치는
상큼한 공기는

멍울져 있는
마음 한 켠을
연주하고

길게 뻗어 내려가는
햇살에 무거웠던
가슴을 실어
저 너른 바다에
노를 저어 내려간다

바람 불어도 슬픈 날

가볍게 떨리는
푸른 잎새도
바람에 멀리 떠나
버릴 것 같은 마음에

잔잔하게 물결치며
흘러가는 냇물도
바위 밑 수풀 속으로
사라질 것 같은 마음에

행여 말없이
떠나는 발걸음에
누가 될까 봐
건네는 손에
사연을 담아 주려 하나

목매인 목소리마저

흐느끼는 울음마저

하늘을 향해

애달프고 간절한

기도로 보내 드립니다

사랑

사랑이 뭐길래
가슴도 없는 것이
애를 태우게 하고

번지수도 없는 것이
찾게 만들고

눈도 없는 것이
눈물을 흘리게 하고

실체도 없는 것이
포옹하는 힘을 갖게 하고

소리도 갖고 있지 않은 것이
전율을 느끼게 하고

그대 이름은

두 글자 사랑

곁에만 있어 준다면

사랑을 끓여 보아요

– 이희원

보셔요
가쁜 숨 몰아쉬는 저 물주전자도
고통에 몸부림치어요
쌀쌀한 아침공기 퍼 담아
난로에 불 지피고
물 주전자 올려놓으니 그리 되네요

이제 가을 산등성이 하늘거리는
국화 한 송이 어여삐 따다가
물주전자에 담겨 보아요

그 향기의 그윽함이여
머리를 마비시키고
마음을 가라앉히어요

그리 하여요
내 나이만큼이나 오래 견디어 준

보잘것없는 잔이라도 좋으니

냉기 도는 바닥에 주저앉아
우리 입담으로 가을을 시기하여요

그리곤 무성하게 때가 낀
처마 끝자락에 맺힌
빗물이라도 좋으니
잔 헹구어 내고 사랑을 떠먹도록 하여요

4부 소중한 만남

친구 생각

허공을 가르며
내리는 빗줄기를 바라보면서
친구를 생각한다

비 오는 날이면
테이블 위에
막걸리와 빈대떡을 놓고
같이하는 친구를 생각한다

잔잔한 음악이
비처럼 내릴 때에도

스산한 바람이
새처럼 날아갈 때도

뭉게구름이
춤추듯 떠나갈 때도

친구를 생각한다

안개가 걷힌 뒤에
친구의 모습은 보일는지

친구

구름은 지나가고
세월은 흘러가고
들녘은 변해 가고
바람은 스쳐 가는데

친구의 목소리는
스쳐 가지도
지나가지도 않네

황금물결
푸른 하늘
출렁이는 바람
웅장한 산은 보이련만

친구의 모습은
그 어느 곳에서도
보이지 않네

풍성한 가을이 가기 전에
낙엽이 떨어지기 전에
풀벌레 소리가 시들기 전에

조각구름 위에
소식을 띄워 보내려므나

친구에게

옆에 두고
보이지 않고
잊을 때도 있지만

조용히
생각에 잠기면
친구가 생각난다

앞에 있을 때면
보고 싶은
소중함도 모르지만

하늘에 구름이
덧없이 떠나갈 때
친구가 한없이 보고 싶다

뒤에 있으면

당겨주고 끌어주고
안아주고 가자구나

백년에 절반
산에 칠부능선
올해도 벌써 팔월이

주어진 모든 것들이
우리를 위해 존재해 있음을
감사하게 생각하고

이 세상 혼자
살아가고 있는 것이
아님을

오늘도 텃밭에
나무 한 그루 심고

물을 흠뻑 주어

우정을 키워나가자

어머님 수라

이른 새벽
산사에서 개울에서
빚어낸 백설기
어머님 수라상에 얹혀 놓고

파란 지짐이 판에
반숙된 계란프라이
어머님 반찬속에 올려놓으리다

밤에 피는 보름달
바닷가에 해당화처럼
강건하소서

홀로 계신 어머니

새벽보다 한참이나
먼저 일어나
우두커니 앉아 계시는 어머니

두 해 전 아랫목
아버지의 빈자리를
응시라도 하는 듯

이른 봄보다
먼저 일구어 놓은 밭에
새 풀이 돋아나고

아낙네의 가녀린 손은
어디가고
손등은 구릿빛에
거북이 등 같네

재촉해서 온 발걸음에
뒤돌아보니
힘이 부친 어머니는
오리걸음이시네

어머님 손으로
여럿 자식 농사지었건만
곁에 있는 자식 없으니

잠깐 왔다 가는 아들
부끄럽고 죄송스러워
발걸음이 떨어지지 않네

어머님 흔들어 주시는 손에
자식 건강 가정 행복
가득 가득하길 기원하시네

꽃등심

오후에 뒤늦게 한 통의 전화
딸의 목소리 두근거림 반
설렘 가득

남아 있던 두 점의 꽃등심이
기다리다 지쳐서
고기판에서
지글거리고 있었다

네 명의 소주잔이
부딪히며 작은 떨림 속에
가족의 사랑이
형광등 아래에서
익어 가고 있다

두 잔에 벌개진 얼굴엔
활짝 핀 웃음꽃이 수십 잔

공간을 메운 이야기가
식탁 위에 한가득 되어 가고

말이 요리사인 아내
가을 코스모스처럼
생긴 딸의 모습
새내기 어른 의젓해진 아들

그 속에 꽃등심이
한가운데 버티며
오늘의 꽃이 되고
내일의 태양이 되어 떠오른다

숙모님 칠순

편지를 씁니다
세월이 야속하다고

다행입니다
연세에 못지않은
생기와

얼어붙지 않은 목소리가
노래방 천장에 닿았다

시간이
멈추었으면 합니다

자식들 조카들 손자들
한데 어우러진 자리는
행복과 보람이 교차되었고

지나온 역경과 고난이
주름에 묻혀 버리고

웃음이 밥이 되고
즐거움이 반찬 되는
그런 날만 이어지길

저무는 밤하늘에
숙모님 건강하게
행복하게 오래오래
사세요라고 씁니다

아내의 소박한 외출

커튼 사이로
어둠이 보이고
작게 들려오는
빗방울의 외침이 들려왔다

어둠과 빗방울 소리는
거실 내에 무겁게 내려앉고
남편과 자녀들의
걱정거리로 돌변했다

처음으로 장거리 드라이브
설레는 마음 두려운
마음이 앞서고

이 옷 저 옷 입어 보고
모델로 패션으로 검증받고
현관문을 나서는 소박한 외출

오직 가족만을 위해
시간을 나누고 쪼개고
몇 번이고 생각한 결정체

오랜만에 아니
처음인 여행길이
화려한 외출인 것 마냥
뒷모습은 흐뭇했다

등 뒤에 대고 잘 다녀오라고
즐겁고 행복한 여행이
되어 달라고 기도하면서
가족들은 기다릴 것입니다

친구의 아버지

천식을 달고
고전 서적 눈에 담고
외로움 속에 갇혀 있던 아버지

깊은 감정
입안에서 맴돌다
말 한마디 건네지 못하고

아픈 가슴
붙들지 못하고

삼월 한 달 꽉 채우지 못하고
이별을 고하신 아버지

아버지
꼭 닮은 친구
한 시대 같이하는

친구이기에 저는
많이 아픕니다

모든 것 떨구시고
가시는 길
마음 편히 가세요

목매여 부르는
아버지 이름이여

누이

햇빛 등살에
개나리꽃이 몽우리를
터트리고

봄비 맞으며
벚꽃이 연지곤지
찍었는데

늘
저수지에 핀
연꽃과 같은
애틋한 마음

동생 생각에
머물러 있으니

언제 바깥세상

아름다운 세상

누나의 눈 안에

세상을 담을 수 있을는지

논두렁 밭두렁

어머니 밭두렁
넘어 가실 제
감자 심고 콩 심고

아버지 논두렁
건너실 제 논둔덕에
살을 붙이고
모내기 하고

어머니 밭두렁 넘어가시면
감자 캐고 콩도 따서
생활용품 사다 쓰고

아버지 논둔덕 건너시면
가을걷이
등록금에 허리 펼 날 없었다

논두렁 밭두렁은 수없는
발걸음에 홀쭉해지고

늘그막엔
아버지 어머니
지팡이로
건너다니시는 올레길이 되었네

소중한 만남

다소 어색하고
조금은
여리게 들려오는
심장의 파열음

입가에
미소가
살포시 내려앉고

시간이
흐를수록
연인처럼 친구처럼

소통이 개통되고
파안대소

테이블 음식에

눈 마중도 같이하고

유머에

시간을 접어냈다

간절함

물속이 차갑고
수압이 짓눌리더라도
숨 쉬는 것은
잊지 말아다오

물속에 비친
너의 얼굴이
창백하고
미력하더라도

얼른 나와
말대꾸라도 해주라

잘못했다
미안하다
나의 아들딸들아

5부 세월

벽에 걸린 한 장의 달력

슬플 때나 기쁠 때나
너를 보며 손가락을
접기도 하고 펴기도 했다

열한 명을 떠나보내고
그 자리를 혼자 힘겹게
시간을 붙들어 놓는

너를 보며
새로운 다짐과
계획을 세워 본다

너를 보면 약속할 때도
너를 생각하며 증오할 때도
때로는 공손하게 인정하면서
나를 질책하기도 했지

하루에 열두 번은
너를 보고 또 보고 있지만
일상 속에 만남이었지

시간이 흐를수록
네 모습이 야위어 가고
무심코 지나왔던 나를
생각하며 후회한다

이젠 너를 자세히 들여다보고
벽에 혼자 외로이
남겨 두지 않으리
두고두고 마음속에 새기며
하루하루를 사랑하리

세월

가을바람에
애교떠는 코스모스

들판에 황금물결
햇빛에 출렁이고

여름 번개에
멍든 하늘엔

구름 몇 조각
두둥실 떠나가고

보약 먹은
태양은

나무 꼭대기까지
기어오르고 있네

점점 나무의 그림자가
길어져만 가네

더위를 삼킨
포도송이는
축 늘어져 있네

세월 속에 공간 속에
너와 나를 지켜가며

건강하게 한세상
멋지게 보내시구려

화살처럼

어느덧
파란 하늘이
열리는가 싶더니
뭉게구름이 하나 가득
두둥실 떠나가고

어느덧
파란 물이 출렁이며
흘러가나 싶더니
개울가 살얼음 밑으로
졸졸졸 흐르고

어느덧
푸른 새싹
돋아나는가 싶더니
앙상한 나무에
엽서 몇 장만 소식을 전하고

어느덧
시무식에 시작 소리
들리는가 싶더니
종무식에 내년을
기대하며 들떠 있네

어느덧
크리스마스캐럴송
귓전에 맴도는가 싶더니
한해의 마지막 주말을
맞이하고 있네그려

올 한 해 그림삼아
내년에
내년에는 카메라에
멋진 인생을 담아 보세

질주

달리고 있다
가속페달을 밟는다
목적지를 향해서

눈앞에
선명하게 보이는
속도제한 위험표지
갖가지 제한 및 금지표지

겁 없이 무시하고
제 잘났다고
꼬리를 내 빼며
질주한다

도로 위에 블록보도
또 한 번의 경고
움푹 패인 웅덩이

새로운 험난한 예고

인생이
질주해서
가야 하는 길이라면

백사장 펄
가파른 산

높은 파도가
기다리고 있다 해도
건너고 넘고 넘어서 가자

산다는 것 살아가는 것

비어 있는 바구니에
조금씩 채워 가는 것
채우려고 노력하는 것

남을 배려하고
웃음을 자아내고
사랑의 새싹을 키워 가는 것

무언가 할 수 있고
할 수 있다는 긍정적인
힘과 희망을 갖는다는 것

눈보라가 치고
비바람에 태풍이 와도
그 속을 뚫고 지나온 다음엔
자신감을 갖게 되는 것

높은 산은 아닐지라도
그 정상에 올라서야
작은 만족과 또 다른
도전을 할 수 있다는 것

큰 산도 큰 바다도
시작은 작은 산으로
좁은 강으로부터
이어져 있다는 것

그냥 공짜로 주어지는 것
원인 없는 결과가 없는 것
열정과 노력이 동반되어야
결과에 대한 믿음이 서는 것

만족을 느끼지 못하고
산다는 것은 불행한 것

불만을 갖고 산다는 것은
행복을 불에 태워 버리는 것

욕심은 욕심을 낳는다지만
하고 싶은 일을 찾아서
산다는 것은 행복을 얻어내는 것

산다는 것
살고 있다는 것만으로도

모든 것을 얻어낼 수 있는
기회라는 것을

6부 새벽 출근길

퇴근길

어둠의 그림자가
한폭이나 길어지고
부서지고 쏟아지는
불빛은 도로를 가득 메꾼다

기역 니은자를 만들며
질서정연하게
기러기는 둥지를 향해
흐릿하게 날아가고 있다

가벼운 발걸음을
잠시 멈추고
퇴근길 심부름에
맥주 몇 병을 손에 넣는다

현관문 초인종을
힘껏 누른다

이제부터 행복한 화음
즐거운 멜로디가 시작된다

편안하고
아늑한 둥지에서
한 소절 두 음절의
노래가 절로 나온다

청주 가는 길

길 한복판으로
하얀 뭉게구름이
삐끔이 고개를 내밀고

수염달린 옥수수는
뙤약볕아래서
탱글탱글 영글어 가고 있다

검게 그을은 구름은
다리 위에
한바탕 쏟아질 듯 걸려 있네

곧게 뻗어 내려간
고속도로 위에
햇빛과 구름에 그림자가
물 흐르듯 흘러가고

새참 먹으러 나온
오리들은
냇가에서 일광욕하며
물장구치고 있네

겹겹이 겹친 산 사이로
드리워진 햇살은
산 아래에서
등목을 하고

길옆엔 무궁화 꽃이
오고가는 내내
미소 지으며 애국가를
합창하고 있네

아침이 감사하다

눈을 뜬다
심장이 뛰고 있다
가슴이 벌렁거린다

어둠이 걷힌다
사물들이 숨을 쉰다
신선한 아침을 선물한다

김이 새어 나온다
밥솥에서
기차 소리를 내며

바람이 분다
피부를 스치며 지나간다
온몸으로 부딪친다

여기저기
풀벌레 소리
차의 엔진 소리
시작을 알린다

산과 하늘 사이
혀의 날개와
지느러미가 보인다

이 아침을
늘 감사하게 생각하며
손님처럼
반갑게 맞이하렵니다

새벽 출근길

늦가을
정색할 정도로
고요한 새벽

도로에 줄나래를
서 있는 가로등도
넋을 잃고 지쳐 가는데

산업의 역군들은
어둠을 밀치고
미등에 꼬리를 물고
마라톤 경주를 시작한다

어둠을 뚫고
내리는 가을비가
동이트는 새벽에
차창에 낙서를 하고

안녕이란 말 대신
무사히 건강하게
다녀오라고
어둠은 손짓하며
떠나가고 있네요

가을비에 젖은
촉촉하고 상큼한
마음으로
업무를 시작하려 합니다

웰빙 밥상

수원 터미널에
가게 되면
으레 발목을
잡아당기는 곳이 있다

친구가
머슴으로 있는 곳
진수성찬이 기다려 주는 곳

즐거운
미소가 꿈틀거리는 곳
눌러앉아
잡담할 수 있는 곳이기에

발걸음의 주소는
웰빙 밥상으로 향하고
허기진 배는

배불뚝이로 변신한다

벽을 보며
방방곡곡 여행을
떠나다 보면

목은 경직되고
심신은 고단하지만
기쁨은 삼천포로 빠져든다

시골에서 잡아온 우렁이
된장찌개 속에서
모습을 드러내고

푸른 철모 눌러 쓴
웰빙 밥상의
머슴이 숨 가쁜 모습으로

등장한다

야 왔냐란 말에
우정과 사랑과
행복이 철가방 안에
담긴다

웰빙 밥상 머슴 얼굴엔
부러움도
질투할 여유가 없다

오늘도 행복한
얼굴로 시동을 걸고 있다

현관문을 나서며

커튼을 열자 하니
동이 튼 새벽은
담장 위에 올라 서 있네

어제 못다 핀 꽃이
마음을 활짝 열어
눈을 의심케 하고

손님처럼 찾아온
안개는
아파트 공간을 휘젓고

현관문 나서는 나를
상큼한 새벽 공기
반갑게 안긴다

커피 한 잔

연한 정을 불사르고
떠오르는 향기 속에
가슴을 태우고

마주앉아
피어오르는 음반에
악보를 달고
노래 부르며

커피에 취해
분위기에 취해
눈을 지그시 감아 본다
연말이 가까워지는가

커피 한 잔 함께 나누며
빈 의자를 채워 줄
사람은 누구일까

눈앞에 있는

커피 한 잔이

그리운 사람을

오늘도 기다린다

무기력증

–이희원

철푸덕 하늘이 주저앉았다
머리 꼭대기에 부어대는 메탄올의 느낌처럼
오금을 저리게 만들어
벌겋게 이빨을 드러낸 콜라병의 마개 마냥
살갗을 긁어대는 쓰라림에 늦깎이 잠마저 달아나고
추위도 더위도 아닌 시답잖은 바람으로
첫눈의 황홀함마저 짜증이 날 지경이다

돌돌 말려 올라가다 낙오돼 버린
털옷의 한 올을 낚아채어
잔인한 웃음과 더불어 줄다리기라도 하듯
당기어 보다

결국, 라이터를 쥐고 불을 당기는
어리석은 대갈통으로
눈높이에 맞춰진 주저앉은 하늘을
사정없이 노려만 보고 있다

일취월장日取月腸

—이희원

절구로 달을 빻아
만두피나 반죽할까?

애꿎은 소주병만
앞으로 취침, 뒤로 취침

채울 속거리도 없으니
애라 모르겠다

보글보글 찌개 끓는
뱃속이나 게워낼까?

구울까 삶을까
억시게 돌려 재낀 불티나표 라이터돌만 도망가고
만두피도 그 자리, 만두소도 그 자리

〈내가 좋아하는글과 나의 어록〉

1. 깨물어 보지도 않고 돌이라 단정짓지마라

2. 일찍 일어난 새가 먹이를 먼저 구한다

3. 꿈은 꿀수 있어도 실현은 열정과 노력과 인내가 있어야 한다

4. 생각대로 살지 않으면 사는대로 생각한다

5. 구슬이 서말이라도 꿰어야 보배다

6. 평정심과 겸손은 물에서 배워라

7. 오늘 걷지 않으면 내일은 뛰어야 한다

8. 망설임은 게으름보다 못하다

9. 하찮은 모래알도 모아지면 누워 잘 수 있는 침대가 된다

10. 겸손은 사람을 머물게 한다

11. 가진 자가 부족함을 탓하는 것은 불행이요,
못 가진 자가 부족함을 못 느끼면 행복한 것이다

12. 후회하지 않는 반성은 안주없이 술먹는 것과 같다

13. 생각이 바뀌지 않으면 호수에서 낙숫물 떨어지길
바라는 것과 같다

14. 실패 해본 적이 없는 사람은 잃은 부분이 많다

15. 곱게 진 단풍은 겨울에도 아름답다

16. 못하는 것을 탓하지 말고 안하는 것을 탓하라

17. 높은 하늘에서 내리는 비도 결국 땅에서 올라간 수증기이다

18. 핑계를 만드는 사람은 핑계에서 핑계에 머물고 핑계를 만들지 않는 사람은 진일보한다